LES 7 NINJAS D'EFU
1
Takayuki Yamaguchi

LES 7 NINJAS D'EFU 1

SOMMAIRE

REIKI - 1
CHAPITRE 1
HAGAKURE, LA VALLÉE CACHÉE DES BARBARES

APRÈS CETTE MORT TRAGIQUE,
VOICI TES CHOIX.

RECEVOIR TOUT L'AMOUR DE BOUDDHA
DANS UN ROYAUME SANS SOUFFRANCE.
OU ALORS,
DEVENIR ONSHIN,
RETOURNER SUR TERRE,
ET BRANDIR TA LAME VENGERESSE POUR L'ÉTERNITÉ.

H
A

G
A
A

AN 1 DE L'ÈRE GENNA (1615)
CHUTE DU CHÂTEAU D'OSAKA.
LA VILLE, RAVAGÉE PAR LES FLAMMES, RESSEMBLE AUX ENFERS.
DANS LES RIVIÈRES BOUILLONNANTES, LES CORPS S'AMONCELLENT.

LA CHUTE DES TOYOTOMI, ENTRAINÉE PAR TOKUGAWA IEYASU, LUI PERMET DE DEVENIR CHEF SUPRÊME ET UNIQUE DU PAYS.
UNE PURGE EST LANCÉE CONTRE TOUS LES SURVIVANTS DU CLAN TOYOTOMI, Y COMPRIS LES PLUS FAIBLES ET MÊME LES NOURRISSONS.
IEYASU VEUT AINSI SE PROTÉGER DE TOUTE RÉBELLION FUTURE ET ASSOIR DURABLEMENT SON AUTORITÉ.
AFIN DE CHASSER LES EXILÉS CACHÉS DANS LES VILLES ET LES CAMPAGNES, LE SHOGUNAT DISTRIBUE DES ÉCUSSONS, NOMMÉS « SCEAUX DU BAKUFU ».
LEURS DÉTENTEURS, PEU IMPORTE LEUR CASTE, REÇOIVENT LA BÉNÉDICTION DES TOKUGAWA POUR TRAQUER LIBREMENT LES SURVIVANTS DU CLAN TOYOTOMI.

(*NDT : ANCIENNE APPELLATION DE LA PRÉFECTURE DE NAGANO)

LE SOURIRE AUX LÈVRES, ILS COMMETTENT DES HORREURS DÉPASSANT DE LOIN CELLES DES SAMOURAÏS.

KAIZÔ, JE N'EN PEUX PLUS.
PÈRE ET GRAND FRÈRE SONT MORTS AU COMBAT.
JE VEUX LES RE-JOINDRE.
HORS DE QUESTION !
NOUS SERVONS LES SANADA ! SEULE LA LAME DE L'ENNEMI AURA RAISON D'UN MEMBRE DU CLAN HYÔDÔ.
QUI POURRAIT VIVRE DANS UN LIEU PAREIL ?

CEUX QU'ON APPELLE LES BARBARES HABITENT CETTE MONTAGNE RECULÉE.
LES BAR-BARES ?
IL Y A LONGTEMPS, LORS DES GRANDES FAMINES, ILS SE SONT AVENTURÉS DANS CES MONTAGNES À LA RECHERCHE DE VIVRES ET S'Y SONT INSTALLÉS.
ILS DESCENDRAIENT D'UNE AUTRE ETHNIE QUE CELLE DES YAMATO, QUI PEUPLAIT ALORS L'ARCHIPEL.
SH
SH
SH
SH
KAIZÔ, NOUS NE SOMMES PAS SEULS.
DAME IORI, ÉCAR-TEZ-VOUS !
CLING

GRUÎ
BAM
KAIZÔ !
HU
HA

HMPH
SON SOUFFLE EST PUANT.
JE VAIS ME FAIRE DÉVORER.
HMPH
DAME IORI, NE BAISSEZ PAS LES YEUX !
DOMINEZ CETTE BÊTE DU REGARD !
JE SUIS FILLE DE SAMOURAÏ.
MON ESPRIT EST INÉBRANLABLE.
MAIS JE TREMBLE DE PEUR.
C'EST PLUS FORT QUE MOI...

FLOV
AH
SHLACK
SHRK
SHRK

SPLAF
KAIZÔ, IL Y A UN AUTRE ANIMAL !
FRR
CE N'EST PAS UN ANIMAL.
J'EN SUIS SÛR...
...C'EST UN BARBARE !

IL A ARRACHÉ SON ŒIL AVEC UNE POINTE DE FLÈCHE ET TRANCHÉ SA GORGE AVEC UNE MACHETTE.
QUEL CHASSEUR INCROYA-BLE.
SHPLAF
JE NE SAIS PAS D'OÙ VOUS VENEZ MAIS JE VOUS CONSEILLE DE PARTIR.
C'EST NOTRE TERRAIN DE CHASSE. IL EST REMPLI DE PIÈGES.
LES SANGLIERS SONT AUSSI EXCITÉS PAR LES MAUVAISES RÉCOLTES.
C'EST ÇA, UN BAR-BARE... ?
IL COM-PREND CE QU'ON DIT ?
JE RECONNAIS BIEN LÀ UN HABITANT DE LA VALLÉE HAGAKURE.
NOUS VOUDRIONS RENCONTRER VOTRE CHEF, JIN.

TU CONNAIS NOTRE CHEF ?
JE M'APPELLE KAIZÔ, SERVITEUR DU CLAN HYÔDÔ.
JE M'APPELLE KAKUGO.
KAKUGO, DE LA VALLÉE HAGA-KURE.

JE SUIS FILLE DE SAMOURAÏ.
JE M'APPELLE IORI HYÔDÔ.
ET LUI, IL N'A PAS DE NOM ?
MALOTRU...
QU'EST-CE QU'IL VEUT DIRE PAR LÀ ?
AH, T'ES UNE FILLE !
VALLÉE HAGAKURE

VOUS SOU-VENEZ-VOUS DE YUKIMURA SANADA ?
C'EST MON MAÎTRE. UNE LANCE L'A BLESSÉ PENDANT LA BATAILLE D'ODAWARA, CE QUI L'A AMENÉ DANS CETTE VALLÉE.
IL RECHERCHAIT L'ÉLIXIR DONT PARLAIT LA RUMEUR.
JE M'EN SOUVIENS.
IL NOUS AVAIT OFFERT DES JAM-BIÈRES ET DES MACHETTES ACÉRÉES. UN TRÉSOR POUR NOUS.
NOUS LUI EN SOMMES TOUJOURS RECONNAIS-SANTS.
LE CHAHUT N'EST PAS FINI POUR AUTANT...
SHLING

どぼ
どぼ
BLOB
BLOB
ILS VONT MANGER CETTE VIANDE ?
NOUS SOMMES TRAQUÉS DANS TOUT LE PAYS PAR LES GUERRIERS DES TOKUGAWA...
JE COMPRENDS CE QUE VOUS RESSENTEZ.
NOS ANCÊTRES SE SONT RÉFUGIÉS DANS CETTE VALLÉE POUR FUIR LE PEUPLE YAMATO.
LAISSEZ DAME IORI SE CACHER DANS CETTE VALLÉE QUELQUE TEMPS.
C'EST UNE JEUNE FILLE SAGE ET FORTE.
JE VOUS EN SUPPLIE.
S'IL VOUS PLAÎT.
RELÈVE LA TÊTE.

CETTE VALLÉE N'APPARTIENT À PERSONNE,
SI CE N'EST AUX DIEUX DE LA MONTAGNE.
VOUS AVEZ TOUTE MA RECONNAISSANCE.
OGE, PRÉPARE UNE TENTE POUR NOS INVITÉS.

KAIZÔ.
NOUS VOILÀ DEVENUS DES MENDIANTS.
DAME IORI,
MONTREZ-VOUS PATIENTE.
IORI !
JE T'AI FAIT CHAUFFER UN BAIN. VIENS AVANT QU'IL NE REFROIDISSE.
IL OSE ME TUTOYER...
MERCI BEAUCOUP, KAKUGO.
HEIN ?

MAIS QUE FONT-ILS TOUS LÀ ?
ILS N'ONT JAMAIS VU UNE FILLE DE SAMOURAÏ TOUTE NUE.
HORS DE QUESTION.
SEUL MON FUTUR MARI ME VERRA DÉVÊTUE. C'EST AINSI CHEZ LES SAMOURAÏS.
ET SI UN GARÇON AUTRE QUE TON MARI TE VOIT NUE, TU FAIS QUOI ?
PLUTÔT MOURIR.
J'AURAIS TROP HONTE.
KAKUGO, LAISSE-NOUS JETER UN COUP D'OEIL.

NON !
LA FILLE DE SAMOURAÏ N'EST PAS COMME LES AUTRES.
POURQUOI ?
ON S'EN FICHE DE SON RANG, ICI.
J'AI DIT NON.

VILLAGE DE SHINEBA,
VALLÉE DU MONT BARAKI

QUELLE MILICE EFFICACE.
DÉCAPITER NE LEUR SUFFIT PAS. ILS COUPENT AUSSI LEURS VICTIMES EN MORCEAUX.
KYÔBU AKAKUWA
SANJIRÔ SUZUKIDA
APRÈS TOUT, LES TOKUGAWA LES AUTORISENT À TRUCIDER DES GUERRIERS, AUTREFOIS LEURS SEIGNEURS.
ILS S'EN DONNENT À CŒUR JOIE.
SANJIRÔ, NOUS EN AVONS FINI AVEC CETTE MONTAGNE.
LA CHASSE N'AURA PAS ÉTÉ SI MAUVAISE.

MAÎTRE SUZUKIDA.
CET HOMME A APERÇU DANS LA FORÊT DEUX SILHOUETTES RESSEM-BLANT À DES SAMOURAÏS.
JE VEUX VOUS AIDER, MON SEIGNEUR.
EN ES-TU CERTAIN ?
OUI, C'EST LEUR FAÇON DE MARCHER.
C'EST PAS DES PAYSANS, NI DES CHASSEURS.
Y EN A UN AVEC LES CHEVEUX COUPÉS, MAIS C'EST PEUT-ÊTRE UNE FILLE.
ILS DEVAIENT SANS DOUTE SE RENDRE CHEZ LES BARBARES.
LES BAR-BARES ?
DU SANG D'ANIMAUX COULERAIT DANS LEURS VEINES.
ILS NE PAIENT PAS DE TAXES ET NE SONT SUR AUCUN REGISTRE.
NOS VILLAGEOIS VIVENT CONSTAMMENT DANS LA PEUR QU'ILS ATTAQUENT.

AUTREMENT DIT, DE LA VERMINE. COMME LES SURVIVANTS DU CLAN TOYOTOMI.
PÈRE, GRAND FRÈRE. JE SURVIS TANT BIEN QUE MAL.

 IORI !
FLOU
BÂM !!
SI TU AS UN PROBLÈME PENDANT QUE T'ES ICI, DIS-LE-MOI.
J'ESSAIERAI DE T'AIDER.
JE SUIS FILLE DE SAMOURAÏ. JE NE COMPTE PAS M'ATTARDER ICI.
MA PLACE EST AILLEURS.
L'INFÂME CLAN TOKUGAWA TOMBERA SOUS PEU.
JE QUITTERAI ALORS CETTE VALLÉE.

HA HA HA
POURQUOI RIS-TU ?
À CAUSE DE TOI.
LES SAMOURAÏS SONT-ILS SI NOBLES QUE ÇA ?
CEUX QUI ONT UNIFIÉ LE PAYS, LES TOYOTOMI ET LES TOKUGAWA, SONT À LEUR TÊTE, NON ?
CEUX-LÀ MÊME QUI COUCHENT AVEC DES FEMMES À DROITE ET À GAUCHE,
ET QUI LES COUVRENT DE CADEAUX AVEC LES RICHESSES DU JAPON.
TOYOTOMI, TOKUGAWA... TOUT ÇA, C'EST DU PAREIL AU MÊME.
TES CLANS NE PENSENT QU'À VIVRE DANS L'OPULENCE.

MAÎTRE SANADA ET SES VASSAUX AVAIENT DE L'HONNEUR.
ILS SONT PARTIS EN GUERRE ALORS QU'ILS SAVAIENT LA BATAILLE PERDUE D'AVANCE.
TU NE POURRAS JAMAIS COM-PRENDRE.

C'EST LE SANGLIER D'AUJOURD'HUI, N'EST-CE PAS ?
DAME IORI.
UNE FILLE DE SAMOURAÏ NE DOIT PAS S'ÉMOUVOIR DE SI PEU.
PRENEZ EXEMPLE SUR CES ENFANTS.
QUE LE BODHISATTVA HACHIMAN ME PROTÈGE.
ぱくっ
GLOP

HEIN ?
PFF !
KAKUGO.
OUI ?
VA TROQUER DE LA BILE D'OURS CONTRE DU RIZ AU VILLAGE D'OMI.
TU ES RAPIDE, TU DEVRAIS ÊTRE DE RETOUR D'ICI DEUX JOURS.
IORI METTRA UN PEU DE TEMPS À S'HABITUER À NOS COUTUMES.
JE PARTIRAI À L'AUBE.
QUELLE ENFANT GÂTÉE...

REGARDEZ, C'EST ICI QUE VIVENT LES BARBARES.
VOICI DONC LEUR MISÉRABLE TANIÈRE.

JE M'APPELLE JIN, JE SUIS LE CHEF DE CE VILLAGE.
À QUEL CLAN APPARTENEZ-VOUS ?
COMMENT OSES-TU... ?

VOICI LA PREUV DE L'AUTORITÉ DU SEIGNEUR IEYASU, CHEF SUPRÊME ET UNIQUE DU PAY
LE SCEAU DU BAKUFU.

ÔÔÔÔM

ô

HÉHÉHÉ
JE N'ARRIVE PAS À ME RELEVER.
C'EST À CAUSE DU SCEAU ?
À GE-NOUX !
LE CLAN TOKUGAWA NOUS A DEMANDÉ DE NETTOYER LE PAYS.
OUIN
OUIN
CLICLIC
SALE PLEURNI-CHARD !

BANG
BAR-BARES !
ON M'A INFORMÉ QUE DES SURVIVANTS DU CLAN TOYOTOMI SE CACHENT ICI.
NOUS N'AVONS MÊME PAS DE RIZ ICI.
ENCORE MOINS LE LUXE D'ACCUEILLIR DES ÉTRANGERS.
JE VOUS CONSEILLE DE NE PAS ME MENTIR.

SCHLING
ON M'AURAIT BERNÉ ?
CRAC
CRAC
CRAC
PAR CONTRE, JE TIENS À VOUS LE DIRE.
NOS PORTES SONT OUVERTES AUX EXILÉS.

(*NDT : SAMOURAÏS SANS SEIGNEUR)

...ET NOUS AURAIS AMENÉS ICI POUR RIEN ?
JE NE PEUX PAS LE CROIRE.
PAS DU TOUT.
JE SUIS SÛR DE LES AVOIR VUS.
TU SAIS DISTINGUER UNE SAMOURAÏ D'UNE PAYSANNE, NON ?
DEMANDE-LEUR DE SE DÉSHABILLER.
HÉ ! LES FEMMES BARBARES !
DÉSHABILLEZ-VOUS !
À POIL !

PLUS VITE !
OU J'UTILISE CE SCEAU.
MÊME EXILÉE, UNE FILLE DE SAMOURAÏ NE MONTRERAIT JAMAIS SA POITRINE.
ELLE N'EST PAS LÀ.
AVEZ-VOUS FINI ?

SNIF
SNIF
HÉ, TOI !
T'ES UNE FILLE, HEIN ?
J'AI LE FLAIR !
MONTRE TES SEINS !
SHHWING

HIIIII
HIIIII
CLAC
CLAC
WOUCH

JE SUIS IORI, FILLE DE SUTEBE HYÔDÔ, VASSALE DU SEIGNEUR SANADA !
RETIREZ CE MUFLE DE MA VUE !
UNE VASSALE DE SANADA ?
HA HA HA !

QUELLE BELLE PRISE !
NOUS AVONS DE LA CHANCE.
KAIZÔ, PAR-DONNE-MOI.
JE SUIS AVEC VOUS.

BAM
HÉ, TOUT LE MONDE ?
JE SUIS DE RETOUR.

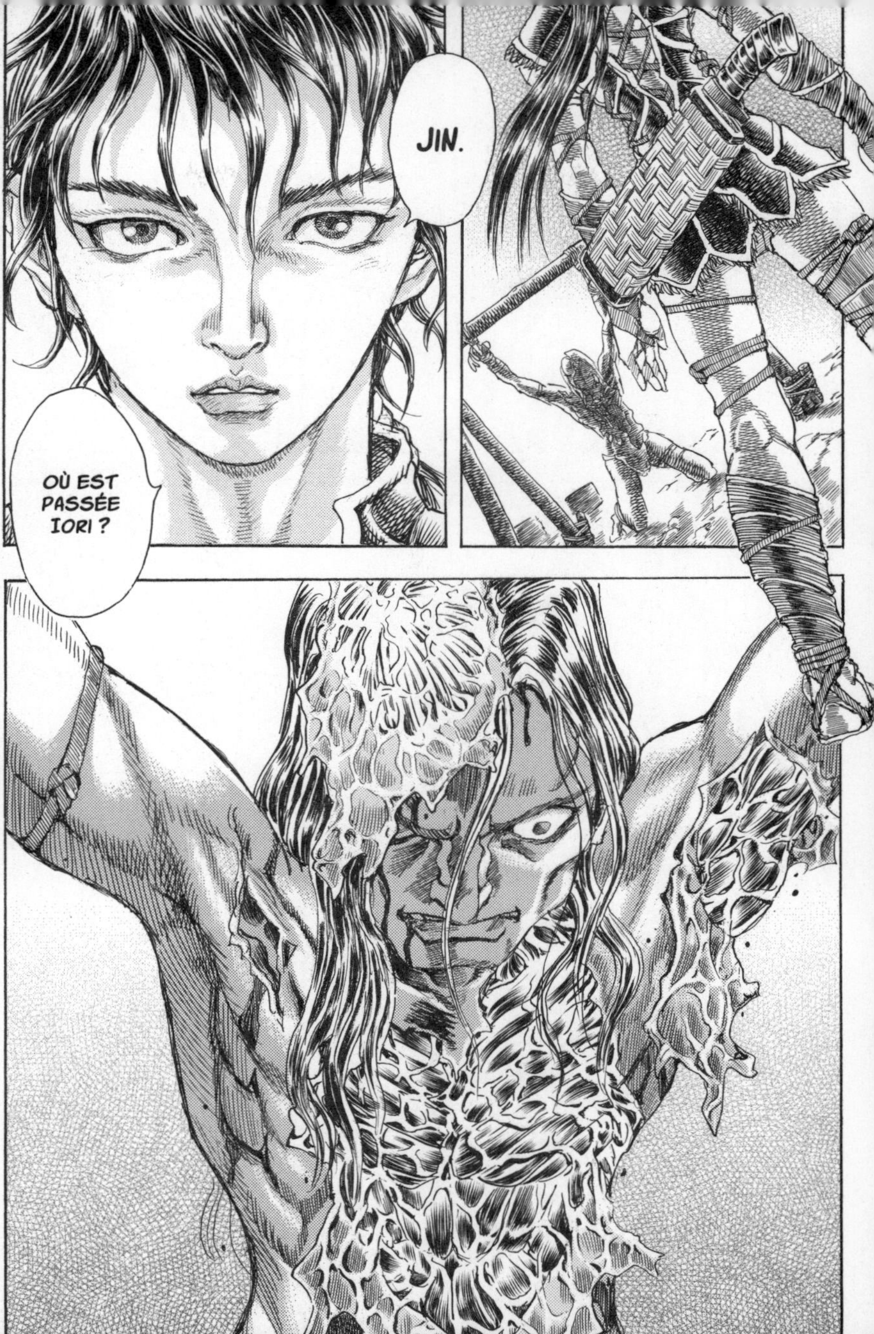
JIN.
OÙ EST PASSÉE IORI ?

CLAC
OUAH

REIKI – 2
CHAPITRE 2
LA MILICE DU SHOGUN DIVIN

VILLAGE DE SHIKONEBA

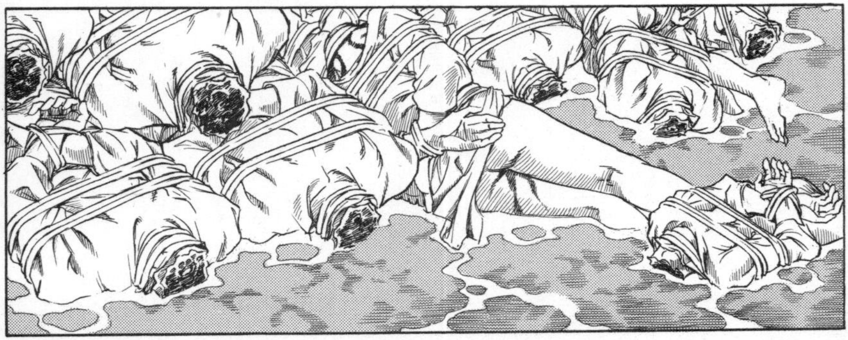

AH !

ALLEZ LE PAYSAN ! DÉCAPITE-MOI !
ÇA VA JUSTE ME CHATOUILLER !
JE PEUX PAS...
J'AI DÉJÀ DU MAL À COUPER LA TÊTE D'UN POISSON...
ALORS DÉCAPITER QUELQU'UN D'UN COUP SEC... C'EST IMPOSSIBLE.
SHLING
HEIN ?
LA LAME S'EST TORDUE !
ESPÈCE D'INCAPABLE !

ARRÊTEZ !
SALES MUFLES !
NOUS SOMMES DE NOBLES GUERRIERS !
POURQUOI NOUS HUMILIER AVEC DES PAYSANS ?
PASSEZ CE SABRE À QUELQU'UN DE DÉCENT !
JEUNE FILLE.
ILS AGISSENT SOUS LES ORDRES DES TOKUGAWA.
LEUR MISSION EST IMPORTANTE POUR LE MAINTIEN DE LA PAIX.

ARGH !
JE BRÛLE DE L'INTÉ-RIEUR.
ENCORE LE POU-VOIR DU SCEAU.
OÙ TE CACHES-TU LÂCHEMENT DERRIÈRE LE NOM DES TOKUGAWA ?
ET TOI, MISÉ-RABLE BOUR-REAU !
SAIS-TU AU MOINS TE SER-VIR D'UN SABRE ?
SANJIRÔ, TU ENTENDS CE QUE DIT CETTE VERMINE ?
JE VAIS LUI MONTRER...

(*NDT : TECHNIQUE MANJI, TAILLADE EN DARUMA [FIGURINE FOLKLORIQUE SANS BRAS NI JAMBE])

EN EFFET, C'EST DUR DE TRAN-CHER UNE TÊTE.
BAM
BAM

SHPLAF
おおお
OOH
ぎ
ARGH
QUEL BEAU DARUMA !
KAIZÔ !

WOOH
WOOH
SOYEZ MAUDITS !
VOUS ET VOS DESCENDANTS !
CRATCH
CRATCH
JE NE LA VOUDRAIS PAS COMME ÉPOUSE.
J'AI DÉJÀ MANGÉ DES RATS DANS SON GENRE.
BAM
BAM
BAM
CRATCH
CRATCH
SHH

CLAC
CLAC
QU'EST-CE QU'ON EN FAIT ?
NE ME TOUCHE PAS, MUFLE !
FRR
FRR
FRR
HA
PAYSANS !
JE VOUS OFFRE LA VASSALE DE SANADA.

IL NOUS DONNE LA VASSALE DE SANADA ?
C'EST ELLE...
C'EST ELLE QUI M'A COUPÉ LE NEZ...
CE QUI SE TROUVE SOUS LE COU EST À VOUS.
NE TOUCHEZ PAS AU VISAGE, NOUS L'OFFRIRONS AUX TOKUGAWA.
JE VAIS TOUS VOUS TUER !
SALES PAY-SANS !
OUAIS !
OUAIS ! HA HA !
KYÔBU, CE SONT DES VRAIS RUSTRES.
EN EFFET.
ÇA REND LES CHOSES PLUS AMU-SANTES.

ARF
T'ES LA CATIN DE SANADA.
TU NOUS MÉPRISES ENCORE ?
HMPH
ON VA TE DÉFONCER À COUPS DE PIED.
HIII
FLOU
ON VA TE FAIRE BOUFFER DES GRAINES !

SLASH
どさ
PAF
FLOV
FLOV
FLOV
FRCH

FLOU
SLASH
SLASH
SLASH
BAM
IORI !
KAKU-GO !
C'EST QUI LUI ?
IL VIENT DE LA VALLÉE...

IORI
ARGH
HAAA
SLASH
VÔOM
IL RESTAIT ENCORE UN BARBARE.

PAYSANS, À MES ORDRES !
OOH
OOH
OOH
OOH
AHHH
TAP
TAP
TAP
TAP

FRRR
TAM
TAM
TAM
IORI
SLAK
SLAK

KAKUGO !
VA-T'EN !
IORI !
SI TU ME VOIS COMME ÇA,
C'EN EST FINI DE MON HONNEUR !
TAIS-TOI !
TOI ET MOI, ON EST ENCORE JEUNES.
AAAH
ILS ONT TRESSÉ DES AIGUILLES DANS LA CORDE.
BAR-BARE...

CETTE FILLE VA NOUS RAPPORTER BEAUCOUP.
ELLE RESTE AVEC NOUS.
MAÎTRE AKAKUWA VA S'OCCUPER DE LUI.
ÇA ME RASSURE.
ON PEUT RIEN FAIRE CONTRE CE MONSTRE.
HUH
HUH
HAH
KAKUGO !
CE N'EST PAS UN GUERRIER PAYSAN !
C'EST UN SAMOURAÏ !
NE T'EN FAIS PAS.
JE NE VAIS PAS PERDRE CONTRE CES AMATEURS.

TAP
CLAC
VOICI LE TRÉSOR DE HAGAKURE : LA MACHETTE GÉANTE !
JE VAIS LEUR TRANCHER L'ÉCHINE !
IMBÉCILE.
ELLE EST JOLIE MAIS TROP GRANDE POUR ÊTRE MANIÉE.
CE N'EST QU'UN OBJET DE DÉCORATION.

BOM
LA FERME !
OH !
BOM
AH !
BOM

BOM
BOM
RES-
SAISIS-
TOI !
TU NE
MAÎTRISES
PAS TON
ARME.
PFIOU

PAM

KA-KU-GO !
J'EN REVIENS PAS.
C'EST QUOI CETTE FORCE ?
LES SAMOURAÏS SONT SI PUISSANTS ?
IL A ESQUIVÉ SANS PROBLÈME DES TECHNIQUES DE CHASSE
QUI FONCTIONNENT SUR DES SANGLIERS ET DES OURS GÉANTS...
MERDE !
MER-DE !

NOUS SOMMES DES SAMOURAÏS. ET CE, DEPUIS NOTRE NAISSANCE.
NOUS NOUS ENTRAÎNONS POUR TUER DES HUMAINS.
PAS DES OISEAUX OU DES ANIMAUX.
MAIS BIEN DES ÊTRES HUMAINS.

IL ÉTAIT FÉROCE.
IL M'A ARRACHÉ L'ŒIL.
À MOI, LES TENDONS DE LA CHEVILLE.
UNE VRAIE BÊTE SAUVAGE.

SANJIRÔ, REGARDE. ELLE NE RÉAGIT PLUS.
CE DÉPIT SUR SON BEAU VISAGE. JE L'AI DÉJÀ VU SUR UNE FEMME LE JOUR OÙ J'AI ÉCLATÉ SON BÉBÉ SUR UNE PIERRE.

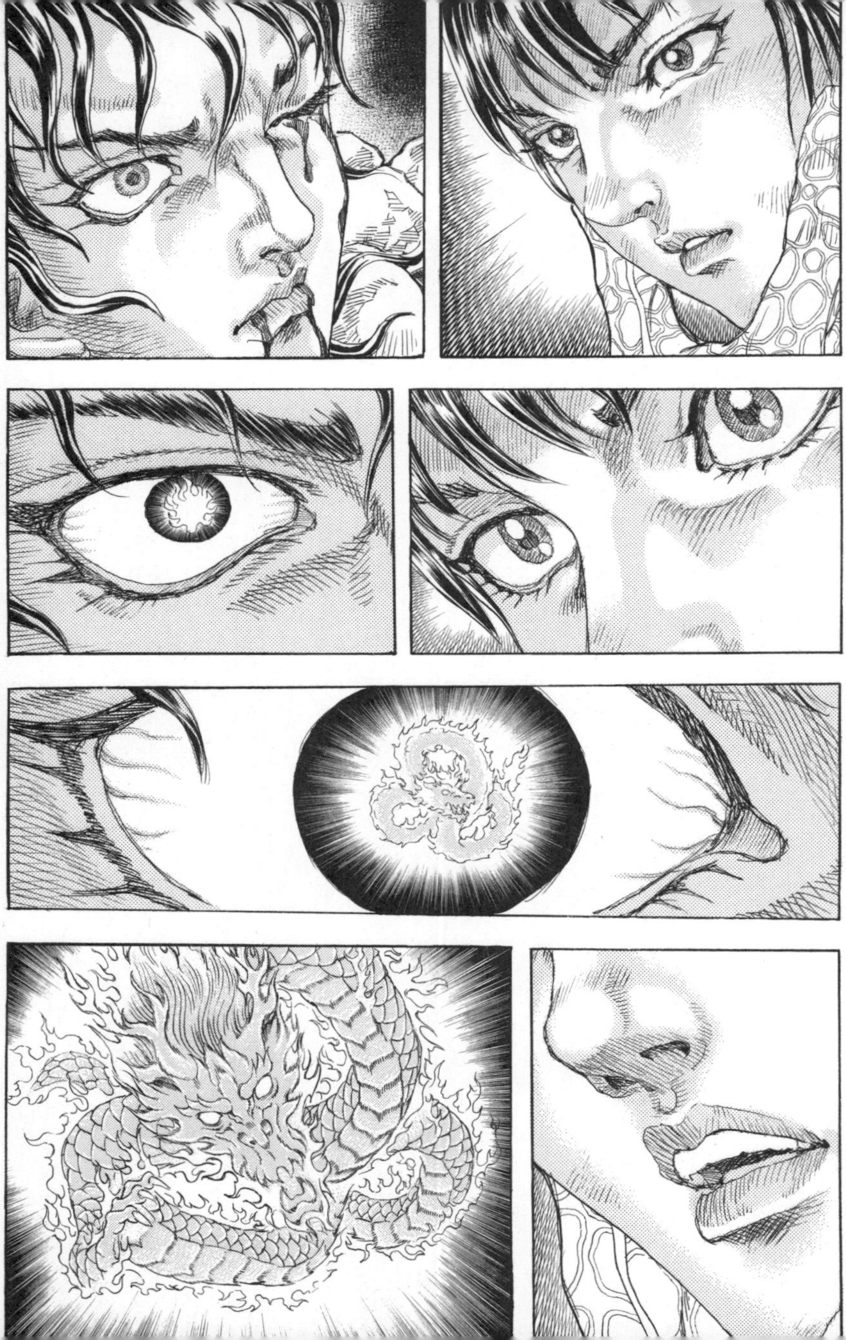

C'EST QUOI CE BROUILLARD ?
IL EST VRAIMENT ÉPAIS.
UNE VRAIE PURÉE DE POIS.
C'EST SOMBRE, MAIS C'EST BLANC.

VMMM
FR
FR
FR

CE BROUILLARD DOIT DONNER AUX SEINS LE GOÛT DU LAIT.
IL FAIT CHAUD.
C'EST AGRÉABLE.
ON DIRAIT QU'UN SPECTRE VA SURGIR.
IL SE PASSE UN TRUC BIZARRE...
COMME S'IL Y AVAIT QUELQU'UN D'AUTRE...

RAAH

REIKI – 3
CHAPITRE 3
MAGAI SHINPEN ONSHIN NINPÔ

SHPRK
SHPRK
QUI VA LÀ ?
C'EST QUI LUI ?
ON DIRAIT LE BARBARE...
IMPOSSIBLE ! ON LUI A COUPÉ LA TÊTE !
IL EST REVENU À LA VIE ?

KAKUGO ?
C'EST BIEN TOI !?
FRR
FRR
FRR
LES LAMES PLANTÉES EN MOI FONDENT.
ELLES FUSIONNENT DANS MON SANG ET TRANSFORMENT MON CORPS EN ACIER.

MA
GAI
SHIN
PEN

ON
ON
ON

(NDT : LITTÉRALEMENT, NINJA DE LA RANCŒUR)

KAKUGO !
C'EST TOI, CE DÉMON !?
GUERRIERS, REPRENEZ-VOUS !
IL EST MORT, CE N'EST QU'UNE ILLUSION !
N'AYEZ PAS PEUR !
CLING
KIII
TAP
TAP
TAP

SCHLING!
SCHLING
SCHLING
RAAH
SCHLIIING

(*NDT : ÉCHANGE DES VISAGES)

SLAK
PLOC
PLOC
QUELLE FORCE...
JE N'EN REVIENS PAS...

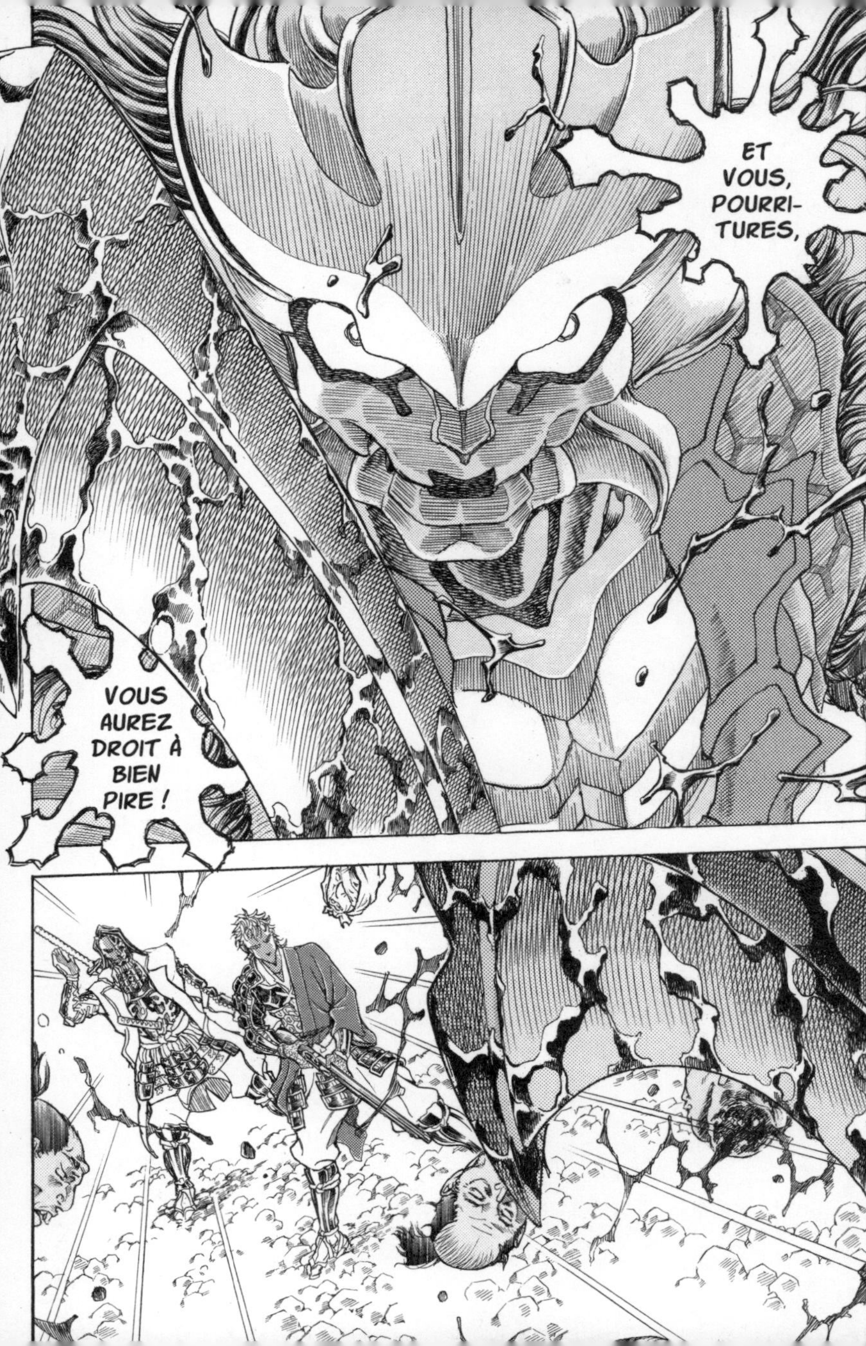
ET VOUS, POURRI-TURES,
VOUS AUREZ DROIT À BIEN PIRE !

HM
UNE MAIN POUR DÉCAPITER, ET L'AUTRE POUR DÉPLACER LES TÊTES. UN VRAI TOUR DE VOLTIGE.
QUI SERA LE PLUS RAPIDE DE NOUS DEUX ?
SANJIRÔ, ATTENDS !
LAISSE-MOI M'OCCUPER DE LUI.
J'AI DE QUOI TUER CE MONSTRE.
UN FUSIL TANEGASHIMA.
CLING
CR
CR
IL VA NOUS RAPPORTER GROS.

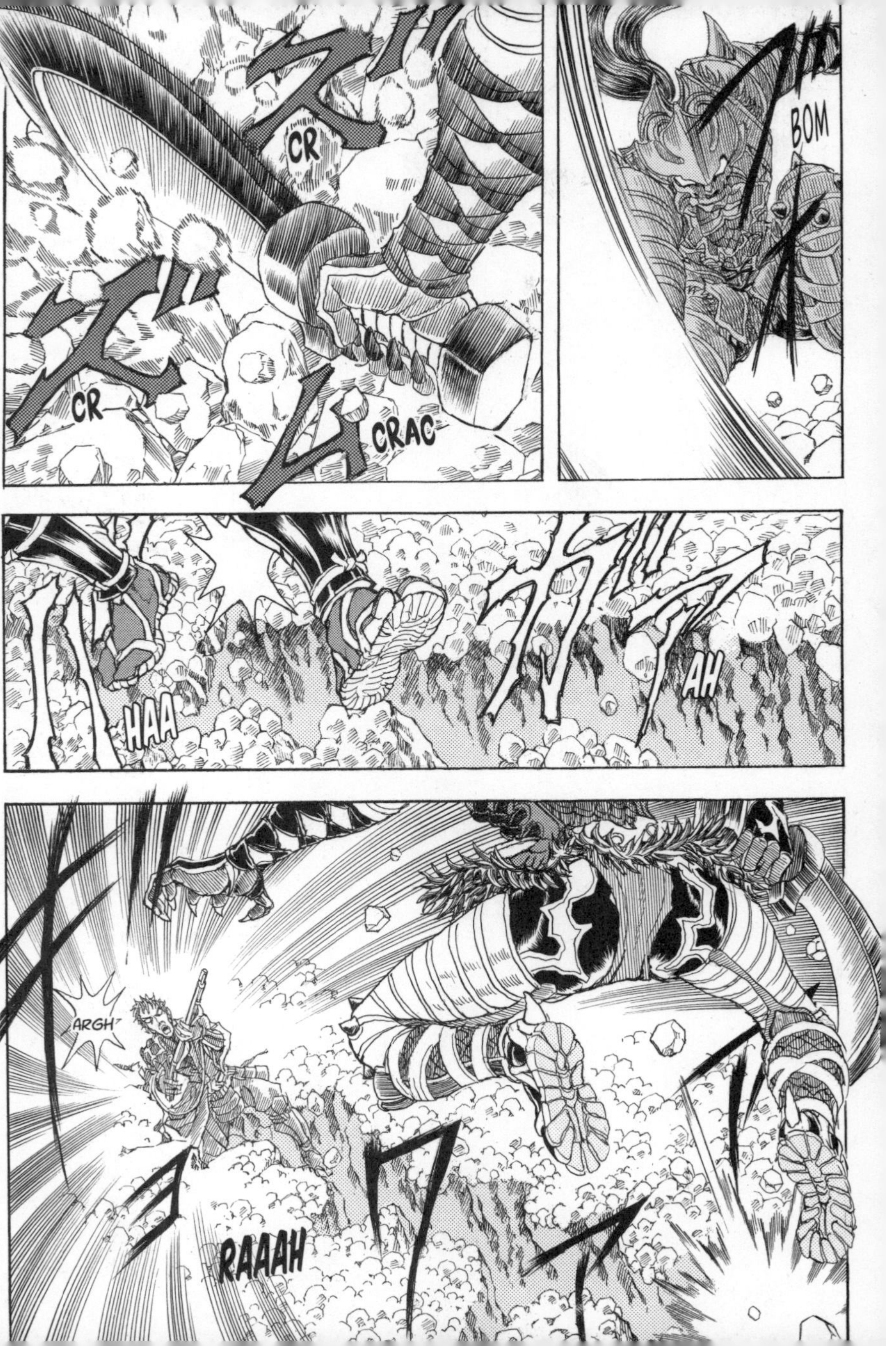
BOM
CR
CR
CRAC
AH
HAA
ARGH
RAAAH

CLING
BANG
FFRR
PFIOU

SHLACK
(*NDT : ESTAFILADE)
ONSHIN NINPÔ SASAGAKI*
SHLAAAM

SHRR
SHRR
INCROYABLE...
IL EST INCROYABLE...
FLOC
FLOC
FLOC

TU ES DOUÉ, DÉMON.
OU DEVRAIS-JE DIRE, NINJA ONSHIN.
INUTILE D'IMPLORER
MA PITIÉ.
JE M'APPELLE SANJIRÔ SUZUKIDA.
CLING
JE N'AI PAS PEUR DE TOI.
SH

TU N'ES RIEN COMPARÉ À UN CHAMP DE BATAILLE.
LAISSE-MOI T'EXPLIQUER.
LES LANCES QUI VIENNENT DE TOUS LES CÔTÉS.
LES PLUIES DE FLÈCHES.
LES SOLDATS TOMBÉS QUI S'AGRIPPENT À TOI.

MANIER LE SABRE NE SERT PLUS À RIEN.
LA CHANCE EST TA SEULE ALLIÉE.
ELLE ET RIEN D'AUTRE.
MAIS FACE À TOI, JE PEUX ME BATTRE.
L'ART DU SABRE MANJI EST MON ALLIÉ.
ET CROIS-MOI, JE VAIS M'EN SERVIR !
RAAH

SCHLING
AH
BOM

PLOC
C'EN EST FINI, NINJA ONSHIN.
PLOC
PLOC
PLOC
TU NE PEUX PAS TE SOIGNER !
TU VAS MOURIR EN TE VIDANT DE TON SANG !
CLING
IL SAIGNE DU BRAS.
LES DÉMONS AUSSI PEUVENT MOURIR ?
PLOC
PLOC

(NDT : LITTÉRALEMENT, SANG BRILLANT BASARA)

(NDT : TECHNIQUE MANJI, LAME INDOLORE)

(*NDT : DÉPEÇAGE HABILLÉ)

TCHAK

BAM
ÇA BRÛLE !
ÇA BRÛLE !
BAM
DE L'EAU ! VITE !
HIIYAAAH
ÇA, C'EST POUR KAIZÔ !
BOUM
HA
HA

TU ES DEVENU UN DÉMON.
C'EST DE MA FAUTE.
TES CAMARADES SONT MORTS CAR J'AI CHERCHÉ REFUGE DANS TA VALLÉE.
ET TOI AUSSI, TU ES MORT.

TUE-MOI, KAKUGO !
TUE-MOI ET REDEVIENS HUMAIN.
TU ÉTAIS SI BEAU QUAND TU COURAIS DANS LA FORÊT.

IORI, ÇA CHATOUILLE.
KAKUGO,
NE PARLE DE ÇA À PERSONNE.

REPOSE EN PAIX, KAIZÔ.
LA MILICE NE T'EXHUMERA PAS ICI.
AS-TU RENDU LES DERNIERS HONNEURS À TES CAMARADES ?
J'AI OFFERT LEURS DÉPOUILLES AUX OISEAUX.

TU PEUX ME PROTÉGER DES HOMMES DES TOKU-GAWA.
TU AS LE POU-VOIR D'UN DÉMON.
CE SONT EUX QUI M'ONT SAUVÉ AU-JOURD'HUI.
JE CROIS COM-PRENDRE.
J'AI TUÉ DE PAUVRES CRÈVE-LA-FAIM. JE NE PEUX PAS Y RETOURNER.
NOUS POU-VONS VIVRE À DEUX DANS LES MONTAGNES.
PARTIR AU COM-BAT ?
ET AFFRONTER IEYASU...
JE VEUX FAIRE GOÛTER MA LAME À CELUI QUI IMPOSE SA LOI DEPUIS LA CAPITALE.
LE SHOGUN, SUPPOSÉ SUPRÊME ET UNIQUE CHEF.

BONNE IDÉE.
KAKUGO, C'EST ÇA L'HONNEUR DONT JE TE PARLAIS.
JE ME FICHE DE L'HON-NEUR.
TAP
ALLONS-Y !
IEYASU,
ON ARRIVE !
NEUVIÈME MOIS DE L'AN 1 DE L'ÈRE GENNA. À SHIKONEBA, PROVINCE DE SHINANO, NAÎT LE PREMIER NINJA ONSHIN, REIKI.

UNE CATASTROPHE SE PRÉPARE.
TOKUGAWA IEYASU, COMMANDANT SUPRÊME.
JE RÊVE DES SEPT ÉTOILES MAUDITES D'EFU.

IEYASU... OU DEVRAIS-JE DIRE NOBUYASU ?
PORTERAS-TU L'ARMURE DE LA BATAILLE D'OKEHA-ZAMA ?
L'ARMURE SUPRÊME DU CLAN IEYASU.
L'ARMURE KINDAMI.

SHINKI – 1
CHAPITRE 4
HISTOIRE D'AMOUR D'UN PROXÉNÈTE ET D'UNE COURTISANE

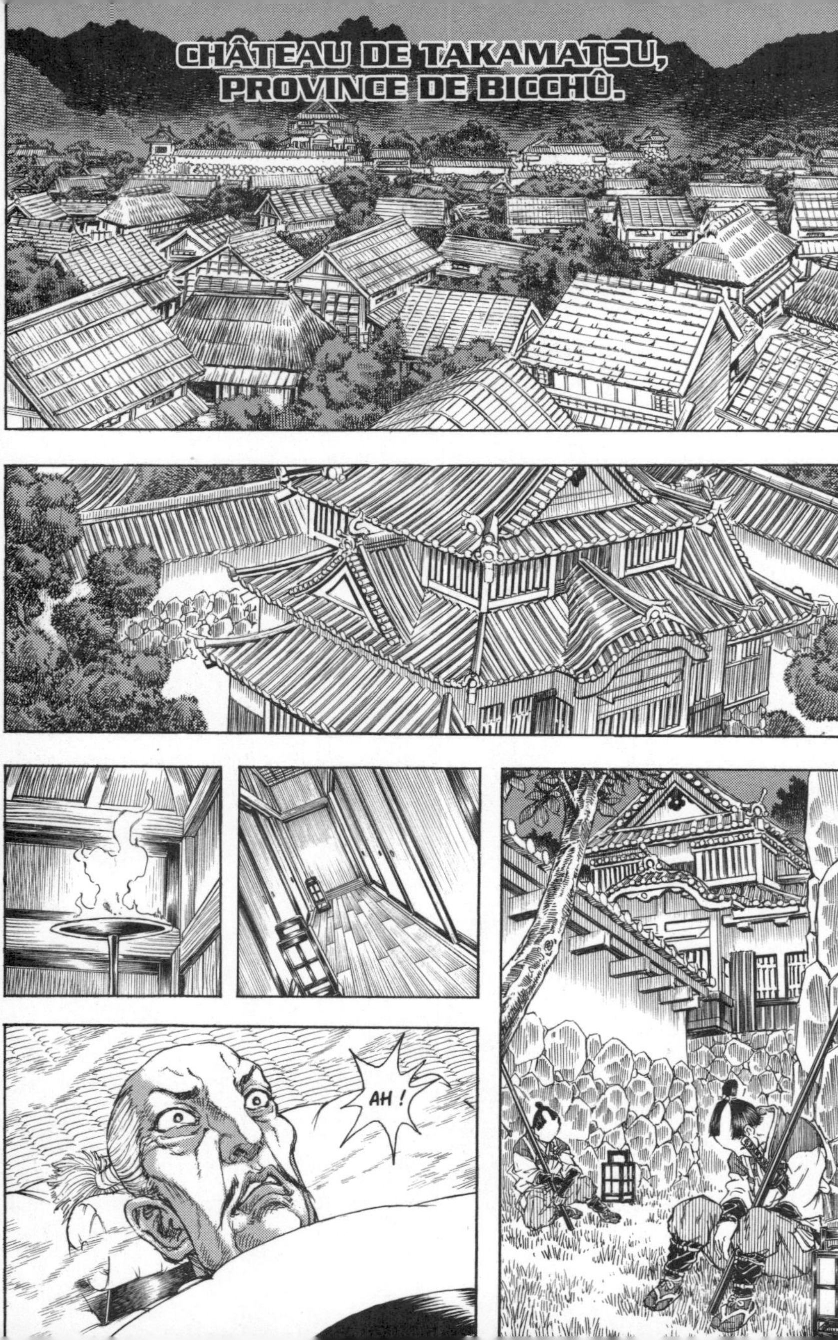
CHÂTEAU DE TAKAMATSU,
PROVINCE DE BICCHÛ.
AH !

QUI...
QUI ES-TU ?
SCÉLÉRAT !
MONTRE-TOI !
LES GARDES SONT ENDORMIS.
DES CHIENS SERAIENT PLUS UTILES.
QUE VEUX-TU ?
SAIS-TU À QUI TU T'EN PRENDS ? JE SUIS MOTOHIDE HANABUSA, SEIGNEUR DE TAKAMATSU !
ET MOI, KIBITSUHIKO-NO-MIKOTO, FILS DE L'EMPEREUR KÔREI.

(*NDT : AUTRE APPELLATION DE LA PROVINCE DE SHINANO)

LE SCEAU DU BAKU-FU ?
TU OBÉIS VRAIMENT AU SHO-GUN ?
J'OBÉIS MAINTENANT À IEYASU.
LES INSOUMIS DÉSIGNENT LES SURVIVANTS DU CLAN TOYOTOMI.
LE TOUT, SOUS L'EMPRISE MAUDITE DE CE SCEAU ?
CROIS-TU QU'UN VIEILLARD COMME MOI VA ALLER À OSAKA PORTER SECOURS AUX TOKUGAWA ?
SHLAK

PLOC
PLOC
PLOC
MES OREIL-LES, MON NEZ !
MES LÈVRES AUSSI !
VOICI LE SABRE OTOGIJI-TATE-KOBU-TORI.
POUR-QUOI ME FAIRE ÇA ?
QUELS SONT MES CRI-MES ?
IL TRANCHE SANS FAIRE COULER LE SANG.
ÉCOUTE BIEN AVEC L'OREILLE QU'IL TE RESTE.

ALORS QUE LE CHÂTEAU D'OSAKA TOMBAIT,
ET QUE LE POUVOIR DE TOYOTOMI HIDEYORI S'EFFONDRAIT,
IL A RASSEMBLÉ LES FEMMES DU CHÂTEAU,
LES A ALIGNÉES COMME DES POULES,
ET LES A ENGROSSÉES.
LA TÊTE MOMIFIÉE DE HIDEYORI
JUCHAIT DANS LA PIÈCE COMME PREUVE.
MON ŒIL !
MON NEZ !
ÉCOUTE BIEN SUKENO-HYÔE ! *
UNE FEMME PORTANT L'ENFANT DE HIDEYORI SE CACHE DANS CETTE VILLE !
(*NDT : AUTRE NOM DE MOTOHIDE HANABUSA)

DANS MA VILLE...
TU AS SEPT JOURS.
SEPT JOURS POUR LA TROUVER ET LA TUER.
SINON...
TUUU
FLÛTE CHÔJÛ-YOBIYOSE*
(*NDT : LITTÉRALEMENT, FLÛTE INVOCATRICE DES CHIMÈRES)
FFFF
TUUU
PAF
EUH

(NDT : PERSONNAGES INSPIRÉS DU FAISAN, DU CHIEN ET DU SINGE QUI AIDENT MOMOTARÔ DANS LE CONTE ÉPONYME)

HIII
HII !
WOUAH
AAH
AAH

(NDT : DANS LE CONTE, LES TROIS ANIMAUX AIDENT MOMOTARÔ EN ÉCHANGE D'UN KIBI-DANGO.)

ITAKURASHUKU
C'EST BIEN UN MAÎTRE DE L'ÉCOLE SHINTÔ MUNEN.
LEURS ARMES SONT INCROYABLES !

JE N'AI JAMAIS VU UNE LAME AUSSI NOIRE ET AUSSI RIGIDE !
EN EFFET ! ELLE BRILLE !
LE SABRE EST À L'IMAGE DE SON PORTEUR.
CLING
IL EN DIT BEAUCOUP SUR LUI.
DÉGAINEZ LES VÔTRES.
ILS SONT ROUILLÉS,
TORDUS,
ÉMOUSSÉS.
J'AVAIS RAISON.
ALORS ÇA !
LA HONTE !
BAM

動地湯

DÉSOLÉ
POUR
L'ATTENTE.

(*NDT : LONG SABRE INCURVÉ, LITTÉRALEMENT, POURFENDEUR DE CHEVAUX)

HIIII
J'EN AI TRANCHÉ DES CHEVAUX...
REN, FAIS ATTEN-TION !
LORS DE LA BATAILLE DE SEKIGAHARA.
LE CLAN ANAMUMA A ENGAGÉ DES SAMOURAÏS !
TU AS VU CE SABRE NOIR !?
HIROSHI, PASSE-MOI LE SAC.
CE BAZAR NE TE SERVIRA À RIEN !
BATTONS EN RE-TRAITE !

MONSIEUR LE MAÎTRE, DONNEZ-MOI DONC UNE LEÇON.
ARRÊTE !
IL EST TRÈS FORT !
TU VAS GOÛTER AU STYLE TARAO DU SHINTÔ MUNEN.
JE VAIS TE DÉCOUPER EN MORCEAUX !

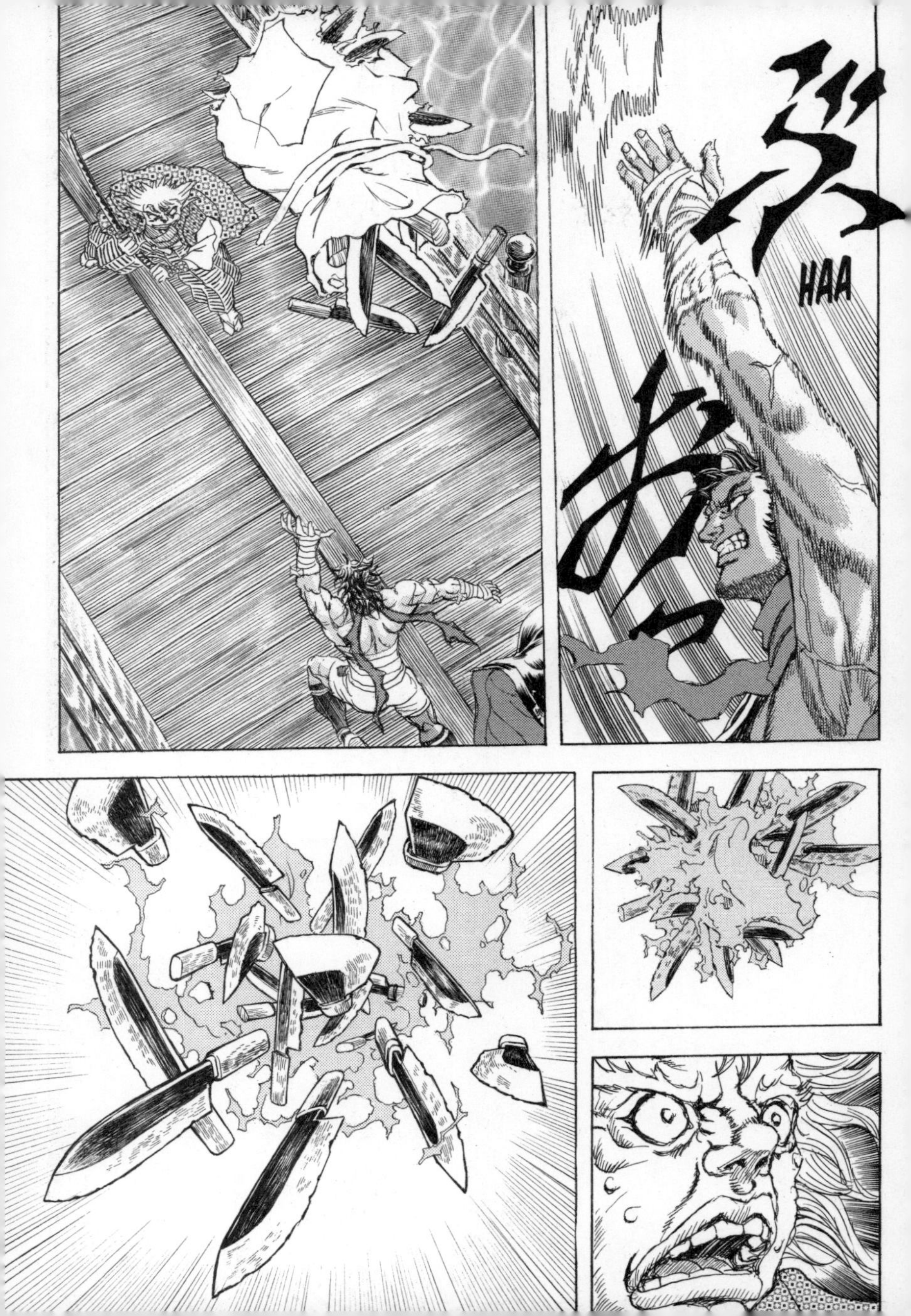

HAA

PAM
PAM
TAC
TAC
TAC
TAP
TAP
WOOH

PAF
MER-DE !
C'EST UN MONS-TRE !
ET VOILÀ !
REN !
JE T'AI SOUS-ES-TIMÉ !
HIROSHI, RETIENS LA LEÇON.

PAS BESOIN D'ARMES
QUAND ON EST BIEN MEMBRÉ.

VOUS ÊTES RENTRÉS !
BONSOIR !
ÉCOUTEZ-MOI ! REN A EU BEAUCOUP DE TRAVAIL !
FAITES CHAUFFER UN BAIN, PRÉPAREZ DES VÊTEMENTS ET UN REPAS !
OH...
OUI !
OÙ EST LA FILLE QU'ON A RECUEILLIE HIER ?
ELLE A PRIS UN BAIN ET ON LUI A DONNÉ DU RIZ BOUILLI.
ELLE A MEILLEURE MINE.

ELLE JOUE LES GARCES, MAIS C'EST PAS UNE CAMPA-GNARDE.
BONNE NOUVELLE.
ELLE VA NOUS AIDER EN AFFAIRE.
QU'EST-CE QUE TU REGARDES ?

QUELLE BEAUTÉ...
LE CLAN DÔCHI M'A CONFIÉ LA GESTION DE CE BAIN.
JE M'APPELLE REN.
C'EST QUOI TON P'TIT NOM ?
GINKO.
MA PETITE GIN.
TU NE DIS PAS MERCI POUR LE REPAS ?
BIEN SÛR QUE SI..
JE PEUX MÊME TRAVAILLER ICI.

TU VEUX TRAVAILLER DANS UN BAIN ?
TU SAIS CE QUE ÇA VEUT DIRE ?
D'ABORD, TU NETTOIES LE DOS DES CLIENTS AVEC UN GANT DE TOILETTE.
COMPLIMENTE-LES SUR LEURS DOS MUSCLÉS, TANT QUE T'Y ES.

OH LA LA ! QUEL BEAU DOS MUSCLÉ !
T'ES PAS CRÉDIBLE !
JE N'Y PEUX RIEN, TON DOS EST PLEIN DE CICATRICES. IL A TOUJOURS L'AIR SALE.
ALORS, OCCUPE-TOI DE DEVANT.
FROT
FROT
OOHH
MA PETITE GIN, DIS QUELQUE CHOSE D'EXCITANT.
À LA VUE DU POISSON IMMACULÉ...
LE PUISSANT MÂT SE LÈVE...
TU CONNAIS CETTE CHANSON ?
TU N'ES PAS ILLETTRÉE ?
ET EN-SUITE ?

QUAND LE MÂT DU CLIENT EST DRESSÉ, TU L'AMÈNES À L'ÉTAGE.
C'EST ICI QUE TU DOIS FAIRE TES PREUVES.
JE VOIS.
JE PASSE À LA CASSE-ROLE...
TAP
BAM
ÇA FAIT MAL !

SAIS-TU CE QU'EST UN PROXÉNÈTE ? C'EST UN YAKUZA SANS VERTU.
ON UTILISE LE CORPS DES FEMMES POUR SE PAYER À BOUFFER. ET TOUT LE MONDE NOUS DÉTESTE.
JE N'EN DOUTE PAS...
TU JOUES LA COMÉDIE, ÇA SE VOIT.
UNE FILLE DE BONNE FAMILLE COMME TOI N'A RIEN À FAIRE ICI.
DÉGAGE !
VA-T'EN AVANT D'ÊTRE SOUILLÉE !
NE ME FAIS PAS RIRE.
TU ME SOUS-ESTIMES.
J'HABITAIS LE PLUS GRAND CHÂTEAU DU JAPON.

LES FILLES ! C'EN EST FINI DE CE CHÂTEAU !
MAIS VOUS MÉRITEZ UNE RÉCOMPENSE. VOUS ALLEZ PORTER MES ENFANTS !
ÉCARTEZ LES CUISSES, JE VAIS VOUS FÉCONDER !

JE PEUX TE LE DIRE.
TU VAUX BIEN MIEUX QU'UN SAMOURAÏ.
VIENS DONC SOUILLER
UNE COURTISANE.
GIN...
FRR

PAM

TU VAS TROUVER ÇA BIZARRE,
MAIS JE VEUX TE RENDRE HEUREUSE.
JE N'AI PEUT-ÊTRE PLUS AUCUNE VERTU,
MAIS J'AI ENCORE UN PEU D'HONNEUR.

動地一家
動地一

SHINKI -2-
CHAPITRE 5
LA DIVISION KYÛBI DU SÉRAIL

À QUELQUES LIEUX D'ITAKURASHUKU
VIVAIT LA VIEILLE AVORTEUSE AKITSU.
ELLE AVAIT PROVOQUÉ QUARANTE FAUSSES COUCHES,
ET ÉTRANGLÉ TRENTE NOUVEAUX-NÉS.
HM?

MOTOHIDE HANABUSA
DAIMYÔ DE TAKAMATSU
QUI VA LÀ ?
AKITSU...
CELA FAIT LONGTEMPS.

SEIGNEUR SUKENO-HYÔE !
JE RECON-NAIS VOTRE VOIX ! PAR-TEZ DE CE TAUDIS, S'IL VOUS PLAÎT !
AKITSU...
JE SAIS QUE TU ES FAISEUSE D'ANGES.
DEPUIS QU'ON M'A JETÉ DU CHÂTEAU, PERSONNE NE M'A AIDÉE.
J'ÉTAIS POURTANT L'UNE DE VOS COUR-TISANES...
C'EST À CAUSE DE VOTRE ÉPOUSE, JALOUSE DE VOTRE AMOUR POUR MOI, QUE J'AI FINI AINSI !
TOUT EST DE SA FAUTE !
MON ÉPOUSE VAUT BIEN MIEUX QUE TOI.
TOU-JOURS ELLE...
AKITSU.
J'AI UNE MISSION IMPOR-TANTE POUR TOI.

SI TU RÉUSSIS, TU POURRAIS MÊME REVENIR AU CHÂTEAU.
HÉ ?
LORS DE LA CHUTE D'OSAKA
HIDEYORI A ENGROSSÉ LES FEMMES DU CHÂTEAU. L'UNE D'ELLE EST TOMBÉE ENCEINTE
AKITSU ! TROUVE CETTE FEMME !
ÉVENTRE-LA ET TUE L'ENFANT !
C'EST IMPOSSIBLE !
CELA RESTE L'ENFANT NATUREL D'UN SEIGNEUR !
FAIS ATTENTION À CE QUE TU DIS !
LES TOKUGAWA SONT MAINTENANT AU POUVOIR ! CET ENFANT REPRÉSENTE UN DANGER.
MAIS...
OÙ SE TROUVE CETTE FILLE ?
CLAP

QU'EST-CE QUE C'EST ?
CETTE GOURDE CONTIENT UNE MIXTURE FAITE À PARTIR DES KIBI-DANGO DE MOMOTARÔ.
JE VOIS...
C'EST CE QU'ON DONNE AU BÉTAIL...
TU RETROUVERAS TA JEUNESSE.
GLOU
GLOU
QUEL DÉLICE...
HIIII
BLOP
BLOP
BLOP

BLOP
BLOP
AKITSU...
FAITES-MOI CONFIANCE...
JE TROUVERAI CET ENFANT NATUREL.
ET JE LE TUERAI POUR VOUS.

ITAKURASHUKU
BAINS PUBLICS DU CLAN DÔCHI
C'EST VRAIMENT MOI ?
OUAH !
LE MAQUILLAGE DE GINKO NOUS A RENDUES JOLIES !
C'EST AGRÉABLE, NON ?

TOUT REPOSE SUR LES SOURCILS.
RETENEZ BIEN ÇA !
TU TRANSFORMES LES LAIDERONS EN JOLIES FILLES, GIN.
REN, NE DIS PAS DE MAL DE TA MARCHANDISE.
COMPRIS.
ET NE MISE PAS TOUT SUR L'APPARENCE.
HEIN ?
PENSE AUSSI À LEURS HISTOIRES.

ELLES ONT TOUTES DES HISTOIRES HOR-RIBLES, COMME ÊTRE VENDUES PAR DES PARENTS TROP PAUVRES.
CE GENRE D'HIS-TOIRES RASSURE LES CLIENTS.
ELLES SONT MOINS ENNUYANTES QUE CELLES DE FILLES QUI ONT EU UNE ENFANCE HEUREUSE.
JE VOIS, TU ES BIEN LA FEMME D'UN HOMME SANS VERTU..
UNE VRAIE SOURNOISE.
MERCI.
BAM
REN, IL Y A UN PRO-BLÈME !
HIROSHI ?

ENCORE LE CLAN ANAMUMA ?
ILS ONT ARRÊTÉ PLUSIEURS PROSTI-TUÉES.
LES NOU-VELLES ET CELLES AVEC DU VENTRE.
HEIN !
UN PRO-BLÈME, GIN ?

UNE FEMME PORTANT L'ENFANT DES REBELLES SE CACHE ICI !
CEUX QUI L'ONT CACHÉE SERONT AUSSI CONDAMNÉS !

TAC
TAC
HÉ ! OÙ VAS-TU ?
C'EST QU'ELLE COURT VITE !
TRÈS VITE !
JE DOIS ME RENDRE !
SINON ILS VONT LES TUER !
ÇA ME VA ! FAISONS LA COURSE !
PRÊT...

ズドオオン
TAAH
IL EST RAPIDE !
MAIS...
ドドドド
TAGADAM
ビシ
PAM

PLOUF
GL
GL
GL
AÏE !
PSSH
GIN-KO !
POUR-QUOI FUIS-TU ?
J'ÉTAIS COURTI-SANE AU CHÂTEAU D'OSAKA !
JE PORTE PEUT-ÊTRE L'EN-FANT DU SEIGNEUR HIDEYORI !
QUE DIS-TU ?

動地一家
動
動
VOUS FERIEZ MIEUX DE ME VENDRE.
LA FERME.
ON NE PEUT PAS TE VENDRE AVANT LA FIN DE TON CONTRAT.

REN.
APPELONS AKITSU ET DEMANDONS UN AVORTEMENT.
ON NE SAIT MÊME PAS SI ELLE EST ENCEINTE,
ET TU VOUDRAIS DÉTRUIRE SON VENTRE ?
CHEF ! ON A TROUVÉ ÇA DANS SES AFFAIRES. UNE COTTE DE MAILLES, UN GRAPPIN ET UN MASQUE BIZARRE.
ELLE NOUS CACHE QUELQUE CHOSE.
JE SUIS DE LA DIVISION KYÛBI.
NOUS DÉFENDONS NOTRE SEIGNEUR EN CAS DE DANGER.
ÉVIDEMMENT,
NOUS SAVONS COMBATTRE.
J'IMAGINE QUE TON MAÎTRE
APPRÉCIAIT AUSSI TES TECHNIQUES AU LIT.
ET ALORS ?

CLAC
QUOI QU'IL EN SOIT...
JE COMPRENDS QU'IEYASU VEUILLE ANÉANTIR LE CLAN TOYOTOMI, CELA VA DE SOI.
MAIS EN TANT QUE YAKUZA, JE N'ACCEPTE PAS QU'ON TUE UN ENFANT AVANT SA NAISSANCE.
RAPPELEZ-VOUS LE TESTAMENT DE VOTRE PÈRE.
« REJOINS LES PLUS FORTS... »
JE SAIS !
JE DOIS LE VAINCRE EN DUEL !
あはは
HA HA HA

HA
ケラ
ケラ
HA
POURQUOI RIS-TU ?
L'ARMURE D'IEYASU LE REND DIX FOIS PLUS GRAND QUE TOI.
ALORS, GAGNER UN DUEL ? TU RÊVES !
SA-LOPE !
JETEZ-LA À LA RI-VIÈRE !
CHEF !
CHEF !

RESTE CACHÉE DANS LES MONTAGNES JUSQU'À CE QUE ÇA SE CALME.
VOUS NE ME LIVREZ PAS AUX AUTORI-TÉS ?
MON FRÈRE NE PENSE PAS CE QU'IL DIT.
SI C'ÉTAIT LE CAS, IL T'AURAIT TUÉE DE SES PROPRES MAINS.
TU DOIS RESTER EN VIE.
REN EST AMOUREUX DE TOI.
UNE FEMME AIMÉE NE DOIT PAS MOURIR.
MERCI, HIROSHI.

C'EST LE TRAVAIL DE LA MILICE CITADINE.
ILS ONT ÉVENTRÉ LES MENDIANTES SOUS L'EMPRISE DES OFFICIERS.
C'EST MA FAUTE.
J'AURAIS DÛ ME RENDRE.
TU TE TROMPES !
ÇA FERAIT DE LA PEINE À REN.
MAIS...
LE VOILÀ...
QUI VA LÀ ?
LE VOILÀ...
L'ENFANT NATUREL DE HIDEYORI.

AKITSU.
L'ESCLAVE DU BAKUFU.
C'EST QUI ELLE ?

GIN-KO !
RESTE LÀ...
MON PETIT PROXÉNÈTE !
AH...
CRAC
QU'EST-CE QUE C'EST ?
TIENS...
!!
PLOC
PLOC

HOO
DÉ-SO-LÉ !
ELLE M'A ARRACHÉ LES TESTI-CULES !
CRAC
TA
TA
TA

AH !
AÏE...
FR
FR
PRESQUE...
ELLE A EU QUELQUES POILS...

YAA
CLAC
SHWA
HA
HA

TU ES UNE NIN-JA ?
TU ES AGILE.
JE SUIS DE LA DIVISION KYÛBI.
CE SONT TES PIROUETTES QUI ONT EXCITÉ HIDEYORI ?
AÏE !
SHLAK
TU COMMENCES À CRIER.
COMBIEN DE TEMPS POURRAS-TU TENIR ?

ELLE VISE MON VAGIN...
JE DOIS TROU-VER UNE PARADE.
FIOU
WOOH
AD-VIENNE QUE POUR-RA !
CRAC
JE SUIS DEDANS...

TECHNIQUE NINJA SHITONE
HOBASHIRA-GAMI*
(NDT : LITTÉRALEMENT, MORSURE DE LA VERGE)
CLAC
JE SUIS COINCÉE !
UN COQUILLAGE !?
SHLAK
AAAH

WOOH
KIT-
SU-
NEBI.*
(*NDT : FEU DU RENARD)
COUP DE
GENOU
EXPLO-
SIF.

BAM
PAF

GIN ! QUELLE FORCE !
HIROSHI...
CELA RESTE ENTRE NOUS...
TU ME PROMETS DE NE RIEN DIRE À REN ?
LES ÉPOUX DÔCHI, REN ET GINKO.
VOUS SEREZ INVINCIBLES.
JE RESTERAI EN VIE...
POUR REN.

SLASH
GINKO !
ARGH
HUH
HUH
HUH

MAKYÛ UMAZUME NO YA*
(*NDT : ARC MAUDIT, FLÈCHE TUEUSE DE MÈRE).
RE-NARDE.
JE T'AI EUE.
LES 7 NINJAS D'EFU tome 1 / FIN

Baltzar
LA GUERRE DANS LE SANG
NAKAJIMA
MICHITSUNE
1
Bernd